Vente après décès de Madame veuve C...

OBJETS DE CURIOSITÉ

ET

D'AMEUBLEMENT

FAIENCES — TABLEAUX

CATALOGUE

DES

OBJETS DE CURIOSITÉ

ET

D'AMEUBLEMENT

FAIENCES ET PORCELAINES

OBJETS DE VITRINE

BIJOUX, ÉVENTAILS, MINIATURES, BOITES

Collections de Ciseaux, Outils, Peignes,
Flacons, Bourses, Portefeuilles, Carnets, etc., etc.

TABLE-BUREAU DU TEMPS DE LOUIS XV

MEUBLES — TABLEAUX

*Dont la Vente, après décès de Madame Vve C****

AURA LIEU, A PARIS

HOTEL DROUOT, SALLE N° 10

Les Lundi 19 et Mardi 20 Avril 1909

à deux heures

COMMISSAIRE-PRISEUR

Me F. LAIR-DUBREUIL, 6, rue Favart

EXPERTS

MM. MANNHEIM	M. G. GUILLAUME
7, rue Saint-Georges, 7	4, rue Chalgrin

EXPOSITION PUBLIQUE

Le Dimanche 18 Avril 1909, de 1 heure 1/2 à 5 h. 1/2

CONDITIONS DE LA VENTE

Elle sera faite au comptant.

Les adjudicataires paieront *dix pour cent* en sus des enchères.

ORDRE DES VACATIONS

Le Lundi 19 Avril

Tableaux . . . .   1 à 13
Faïences. . . . . 14 à 57
Porcelaines. . . . . 58 à 68
Objets de vitrine (Partie des) . . . 69 à 135

Le Mardi 20 Avril

Objets de vitrine (Partie des). . . . 136 à 146
Éventails, Objets variés. . . . . . . 147 à 256
Meubles. . . . . 257 à 269

Paris. — Imp. de l'Art, Ch. Bérger, 41, rue de la Victoire.

DÉSIGNATION

TABLEAUX

ANDRÉA DEL SARTO (École de)

1 — *La Vierge, l'Enfant Jésus, saint Jean et deux saints personnages.*

BEAUBRUN

2 — *Portrait de Femme en buste.*

Un voile posé sur la tête et tombant sur les épaules; elle porte un corsage décolleté, des boucles d'oreilles et un collier de perles.

Bois. Haut., 34 cent.; larg., 26 cent.

BLIN DE FONTENAY (Attribué à)

3 — *Vase de fleurs, perroquet et compotier de fruits.*

FRANCK (François)

4 — *La Nativité.*

MARIO DI FIORI

5 — *Un Vase de fleurs.*

VÉRONESE (École de)

6 — *Sujet d'Histoire.*

ÉCOLE BYZANTINE

7 — *La Vierge portant l'Enfant Jésus.*

ÉCOLE FLAMANDE (xvie siècle)

8 — *Portrait d'une Princesse.*

9 — *Portrait présumé de Marguerite de Bourgogne.*

ÉCOLE FLAMANDE (xviie siècle)

10 — *Famille réunie autour d'une table.*

ÉCOLE ITALIENNE (xvie siècle)

11 — *Portrait présumé de Jeanne d'Aragon.*

Elle est représentée en buste, avec corsage rouge orné d'une chaîne d'orfèvrerie, une toque de fourrure sur ses cheveux blonds.

Bois. Haut., 42 cent.; larg., 32 cent.

ÉCOLE ITALIENNE (xviie siècle)

12 — *Sainte Catherine.*

13 — Tableaux non catalogués.

FAÏENCES

14 — Deux jardinières-appliques, décor à la
corne. Ancienne faïence de Rouen.

15 — Petite fontaine-applique, décor bleu et
rouge. Ancienne faïence de Rouen.

16 — Fontaine-applique, à décor de fleurs et
dauphins. Ancienne faïence de Rouen.

17 — Assiette : branche fleurie. Ancienne faïence
de Marseille.

18 — Assiette : fleurs en camaïeu vert. Ancienne
faïence de Marseille.

19 — Autre, décor de fleurs. Même faïence.

20 — Quatre assiettes, décors variés : animaux
et fleurs. Ancienne faïence de Moustiers.

21 — Hanap-casque, décor dans le style de *Bé-
rain*. Ancienne faïence de Moustiers.

22 — Fontaine : fleurs et animaux. Ancienne
faïence du Midi.

23 — Fontaine-applique avec couvercle, décorée
de fleurs. Ancienne faïence du Midi.

24 — Assiette : petit paysage en camaïeu rose. Ancienne faïence de Lorraine.

25 — Trois soucoupes en ancienne faïence de Kutaïa.

26 — Petit plat : fleurs. Ancienne faïence de Rhodes.

27 — Assiette, décor de fleurs, bordure à fond rose. Ancienne faïence italienne.

28 — Plat en ancienne faïence de Milan : arbuste en bleu et rouge.

29 — Petit plat : fleurs et papillon. Ancienne faïence italienne.

30 — Assiette à quatre petites réserves sur fond violacé. Même faïence.

31 — Beurrier en forme de chou. Ancienne faïence de Bruxelles.

32 — Plaque : paysage et fleurs en bleu. Ancienne faïence de Delft.

33 — Plaque, décorée de paysans en camaïeu bleu. Même faïence.

34 — Petit plat : rosace en bleu. Ancienne faïence de Delft.

35 — Plat, orné de rosaces en bleu. Ancienne faïence de Delft.

36 — Saladier : corbeille de fleurs en bleu. Ancienne faïence de Delft.

37 — Assiette : fleurs et rinceaux en bleu. Ancienne faïence de Delft.

38 — Plat : branches fleuries en bleu. Ancienne faïence de Delft.

39 — Assiette, ornée d'une rosace. Ancienne faïence de Delft.

40 — Plat creux : fleurs en bleu. Même faïence.

41 — Assiette : lambrequins en bleu. Même faïence.

42 — Plat : corbeille de fleurs en bleu. Même faïence.

43 — Assiette : fleurettes en bleu. Ancienne faïence de Delft.

44 — Deux plats en ancienne faïence de Delft : fleurs en camaïeu violet.

45 — Plat, décor bleu, présentant un arbuste. Ancienne faïence de Delft.

46 — Deux potiches, décor de compartiments en bleu. Ancienne faïence de Delft.

47 — Potiche, ornée de fleurs en bleu. Ancienne
faïence de Delft.

48 — Pot ovoïde en ancienne faïence de Delft :
fleurs et oiseaux en bleu.

49 — Bouteille, décor bleu de style chinois.
Ancienne faïence hollandaise.

50 — Plat: corbeille de fleurs en bleu. Ancienne
faïence hollandaise.

51 — Assiette : fleurs et quadrillés en bleu.
Même faïence.

52 — Plat côtelé : fruits en bleu. Ancienne
faïence hollandaise.

53 — Petit tableau formé de carreaux : perroquet en camaïeu violet. Ancienne faïence
hollandaise.

54 — Beurrier, forme fruit. Faïence hollandaise.

55 — Encrier, décor de fleurs en bleu. Ancienne
faïence hollandaise.

56 — Deux lions assis en ancienne faïence hollandaise.

57 — Seize pièces en faïences variées : pommes,
poires, raisins, etc.

PORCELAINES

58 — Légumier rond avec couvercle et plateau,
décor d'insectes et fleurs. Ancienne porce-
celaine de Saxe.

59 — Cafetière et sucrier avec couvercles, bol,
trois assiettes, douze tasses avec onze soucoupes; décor de fleurs en camaïeu rose.
Ancienne porcelaine de Saxe.

60 — Cafetière, pot à lait et sucrier avec couvercles, bol, douze tasses et douze soucoupes , décor de fleurs et vannerie sous
couverte. Ancienne porcelaine de Saxe.

61 — Présentoir: petit paysage en camaïeu violet. Ancienne porcelaine de Saxe.

62 — Théière et pot à lait avec couvercles, tasse
et soucoupe, décor de fleurs. Ancienne porcelaine de La Haye.

63 — Tasse trembleuse avec couvercle et présentoir : guirlandes et monogramme. Ancienne porcelaine de Paris.

64 — Deux bouteilles, décor de branches fleuries. Ancienne porcelaine de Chine.

65 — Deux théières variées avec couvercles en
ancienne porcelaine de Chine.

66 — Deux vases avec couvercles en ancienne
porcelaine laquée de la Chine.

67 — Bouteille, décorée de rinceaux en bleu.
Ancienne porcelaine de Chine.

68 — Aiguière, forme persane. Ancienne porcelaine du Japon.

OBJETS DE VITRINE

69 — Petite boîte ovale émaillée sur cuivre, avec l'inscription : *Gage d'amitié sincère.* XVIIIe siècle.

70 — Boîte rectangulaire en argent à couvercle de nacre sculptée. XVIIIe siècle.

71 — Boîte montée à cage en métal, formée de plaques de nacre sculptée à personnages et animaux. XVIIIe siècle.

72 — Boîte rectangulaire montée à cage en argent, formée de plaques de nacre sculptée, à sujets de style chinois.

73 — Boîte oblongue émaillée sur cuivre à fleurs et rocailles ; fond gris pointillé de noir. XVIIIe siècle.

74 — Boîte oblongue émaillée sur cuivre ; quadrillés sur fond noir. XVIIIe siècle.

75 à 80 — Environ trente et une pièces : boîtes, bonbonnières, coffrets variés.

81 à 83 — Huit flacons variés.

84 à 88 — Collection d'environ vingt miniatures. (Sera divisée.)

89 à 106 — Collection d'environ soixante-dix étuis variés en ivoire, os, laque burgautée, nacre, etc., de diverses époques. (Sera divisée.)

107 à 111 — Collection d'environ vingt petits souliers en porcelaine, faïence, verre, bois, etc. (Sera divisée.)

112 à 114 — Cinq paires de petits souliers en étoffe.

115 à 117 — Neuf cassolettes cylindriques en argent.

119 à 125 — Collection d'environ trente-sept breloques ou petits objets en métal, argent, etc.

126 à 146 — Environ cent-cinquante pièces : boucles d'oreilles, chapelets, bracelets, broches, colliers, menus bijoux, etc.

ÉVENTAILS

ET OBJETS VARIÉS

147 — Éventail présentant sur la feuille des assignats de la Révolution.

148 — Éventail présentant sur la feuille des assignats simulés. Époque révolutionnaire.

149 à 164 — Soixante-huit éventails variés, à montures d'ivoire, corne, bois, etc., feuilles peintes, pailletées, etc.

165 — Petite coupe en cristal de roche gravée à fleurs.

166 — Fléau de balance en fer.

167 — Paire de pistolets à silex, du XVIIIe siècle, garnis de cuivre.

168 — Petit sabre d'infanterie, du temps de la Restauration.

169 — Deux pulvérins orientaux variés.

170 à 175 — Collection d'environ vingt-neuf paires de ciseaux variés.

176 — Trois forces variées, du xviiie siècle.

177 à 179 — Neuf pièces : outils, tire-bouchon, etc.

180 à 182 — Neuf fourchettes variées.

183-184 — Quatorze cadenas variés.

185 à 195 — Environ cinquante-neuf pièces : couteaux et grattoirs.

196 à 198 — Collection de neuf petits modèles de rouets ou dévidoirs en bois, ivoire, métal. (Sera divisée.)

199 à 209 — Collection d'environ soixante-quinze peignes ou ornements de coiffure en bois, ivoire, laque, écaille, corne, etc.

210 à 214 — Collection d'environ dix-sept flacons variés. (Sera divisée.)

215 à 225 — Collection d'environ cent trente bourses ou aumônières, de diverses époques. (Sera divisée.)

226 à 236 — Collection d'environ soixante portefeuilles variés. (Sera divisée.)

237 à 242 — Collection d'environ trente bonnets variés en soie, satin, broderie, etc.

243 à 248 — Huit sacs variés en soie, satin et broderies.

249 à 251 — Lot de dentelles variées.

252 — Deux dalmatiques.

253 — Pendule, sur socle-applique en bois, décorée au vernis à fleurs sur fond noir. XVIIIe siècle.

254 — Pendule en marqueterie de cuivre sur écaille, garnie de bronzes.

255 — Petite pendule en bronze, à mouvement porté par un lion.

256 — Pendule en acajou, garnie de bronzes et portée par deux sphinx. Époque Empire.

MEUBLES

257 — Commode, à trois rangs de tiroirs, en bois sculpté à moulures. Poignées de bronze. xviiie siècle.

258 — Table-bureau du temps de Louis XV en bois de placage, garnie de bronzes tels que chutes, poignées, sabots, etc. A appartenu à Pleyel.

259 — Armoire normande du xviiie siècle en bois sculpté à moulures.

260 — Armoire en bois noir, à deux portes vitrées. xviiie siècle.

261 — Meuble à hauteur d'appui, à portes et tiroirs. Ancien travail flamand.

262 — Coffre en bois sculpté à rosaces.

263 — Bibliothèque en bois noir à filets de cuivre.

264 — Armoire en bois scutpté à moulures et rosaces. xviiie siècle.

265 — Fauteuil à X en bois sculpté.

266 — Meuble à hauteur d'appui en bois noir, à décor de feuillages.

267 — Meuble vitré, à une porte. Bois sculpté.

268 — Bureau en bois de placage, à tiroirs et porte.

269 — Petit paravent à six feuilles en bois doré et soie à fond rouge à dessin d'oiseaux. Travail chinois.